南方的风景
我们的亚热带
2002展

Landscape in
Southern China
Our Subtropical
2002

广西美术出版社

"南方的风景"油画展，计划推出我 中国油画实践中的一个学术课题。具 有从中国传统绘画及画论中将经 重进行综合研究的非常有学术的 值的课题

靳尚谊 二〇〇二年一月

中国美术家协会主席
中国文联副主席
中央美术学院原院长
靳尚谊为"南方的风景"艺术展题词

赞助：桂林金城房地产开发公司、深圳雅昌彩色印刷有限公司

展览策划　　苏　旅　重返风景

　　　　　　　　　　　"南方的风景——我们的亚热带2002展"序 _____ 9

　　　　　　　刘　新　我们选择的风景中心主义和风景理想主义 _____ 10

参展画家　　张冬峰 _____ 16

　　　　　　　黄　菁 _____ 22

　　　　　　　谢　森 _____ 26

　　　　　　　尤开民 _____ 30

　　　　　　　黄少鹏 _____ 34

　　　　　　　雷务武 _____ 38

　　　　　　　雷　波 _____ 42

　　　　　　　刘绍昆 _____ 45

　　　　　　　刘南一 _____ 48

　　　　　　　杨　诚 _____ 52

　　　　　　　姚震西 _____ 56

　　　　　　　肖舜之 _____ 60

　　　　　　　苏剑雄 _____ 62

　　　　　　　谢　麟 _____ 66

　　　　　　　韦　军 _____ 70

　　　　　　　蔡群徽 _____ 74

　　　　　　　谢小健 _____ 76

重返风景

"南方的风景——我们的亚热带 2002 展"序

苏旅

  在上个世纪某个时候，"风景"这个词在艺术界被遗忘了，原因很简单，在上个世纪暴躁不安的骚动中，正经历着无穷无尽的战争、逃难、瘟疫和经济大萧条的艺术家们显然更关心人类的苦难主题，表现人性的焦虑、痛苦、扭曲、畸形、绝望的现代派美术勃兴成为主流，包括了战后的形形色色的"前卫"艺术。而当进入新的世纪的时候，我们彼此才发现，原来和平与发展对于人类，比仇恨与战争更为重要。"风景"这一在上世纪曾经仿佛与"现代"毫无关联的词，现在又自然而然地重新回到"现代"的行列中，甚至占据了极为重要的位置。不能设想，一个只有水泥钢铁森林而没有自然生态的民族可以被称为"现代"的民族，那只是一种可悲的现代荒蛮！

  我不知道参加这次"南方的风景——我们的亚热带 2002"展览的 17 位艺术家是否作过上述的思考，但我知道，他们如此大规模地、惊人一致地返回"风景"，是出自对家乡、对大自然的由衷挚爱。我们不能不承认，这十多年来，广西的风景渐渐地恢复了她真实的美丽，这种美丽是如此惊人，以至吸引了全世界人民的眼球。生于斯长于斯的艺术家们更是不会让手中的画笔闲着，于是，这一幅幅流光溢彩的图画，就顺理成章地奉献在我们面前。

  10 世纪以来的中国山水画和 19 世纪的欧洲巴比松画派、印象画派、俄罗斯画派，曾经给我们留下了不可替代的风景画遗产，但那只是旧世纪的风景，是农业时代和工业时代的风景。当然，风景至美至纯的田园之诗是亘古不变的，但每一个时代赋予风景的精神内涵又各不相同。中国山水画历经千年仍然深受中国文人喜爱，在于它蕴涵着生命的自然和清和；巴比松画家们歌颂的，是欧洲 19 世纪初农业文明的田园乐曲；俄罗斯画派奉献给我们的，是俄罗斯博大而壮美的森林与草原风光；印象派则以工业时代火一般的探险热情，给人类展示了大自然变化万端、灿烂瑰丽的色彩天地，可以毫不夸张地说，没有印象派，我们今天仍然会生活在黑白灰的混浊世界中。莫奈、毕沙罗、西斯莱、修拉、波纳尔、凡·高——这每一个不朽的名字，不就代表着一幅幅美丽的风景吗？今天，在信息和环保的时代，在热烈、温暖、多情、开放的南方，风景又一次走进我们的生活，从我们被日益世俗污染的心灵深处重新唤醒我们与生俱来的土地情愫和人性本能，让我们在紧张忙碌的都市节奏中重新聆听自然之籁，不也是一次自然生命的现代回归吗？把中国山水画天人合一的内涵、巴比松画派的田园诗情和印象派的色彩交响与南方的美丽风景相谐融合，应该是今天南方艺术家们的天然使命。执著于此，我想，一个全新的、开放的、生气勃勃的"南方风景画派"必定会诞生在不久的将来。

  重返风景，在今天已不应仅仅是艺术家独自面对的课题，也不应只是艺术家个体的生态哲学和生态伦理学，在某种意义上，她应当是全人类在新世纪里新的文明标准的明确标志。

2002 年 12 月 8 日于南宁半山雨阁

我们选择的风景中心主义和风景理想主义

刘 新

一

这里说的"我们"，当然，首先指的是广西画家策划的"南方的风景·我们的亚热带2002"的展事（2003年1月·广西艺术学院美术馆），然后就是以此为起点的包容着大南方的风景画集群。

这不是空穴来风。广西有好的自然山水，也有好的风景画家，石涛以降皆然。然而长期以来，甲天下的桂林山水成了人们常识中广西风景的代表，这样，不论是域外，还是本土画家，涉足桂林，为漓江两岸的烟雨翠竹、青山村舍写墨涂彩的不在少数。20世纪的30年代和50年代，就有水墨画界的陈树人、胡佩衡游历桂林写生而分别出版了桂林写生集。陈、胡二人均是20世纪中国画界有影响的大家，因而，这两本集子无论是因人，还是因地，都有了很高的地位。而且，随着时间的推移，陈树人的《桂林山水写生集》早已成了很稀有的画册珍本。新中国时期的广西画家阳太阳、涂克、叶侣梅、黄格胜以及北京的李可染、白雪石也是画桂林山水的几座高峰，其余的那些慕名而来为桂林漓江写生的画家更是数不胜数。尽管这之中传统山水画占据绝对优势，但是这种强势的桂林山水情结，以及由此而展开的面对自然风光的艺术实践，在很大程度上终究遮蔽了人们对广西风景，以及风景画再发现的空间。这里的"风景"已是专指西画概念下的外光艺术而不仅仅是传统山水的范式了。于是在广西的地域美术创作中，艺术家们大多猎奇或追逐着少数民族的风情生活，而相对疏远了风景，甚至忘记了风景，或者说面对过风景，但却小看了风景。在这个过程中把风景当成了风情生活创作之余的习作来看待就是其中的结果。以至于在多年左冲右突的艺术拼搏后，才猛然意识到我们身处的南方风景竟然拥有那么无垠广阔的图像语境，供艺术家们自由的去阐释、亲近和关爱。尤其是广西艺术学院的张冬峰先生在风景画方面的成功个案，更使我们看到了多年来在我们周围司空见惯的、甚至平凡得让人麻木的南宁周边的山

漓江之晓（油画） 阳太阳 1956年

渔村（油画） 阳太阳 1963年

漓江初霁（水彩）　阳太阳　1963年

侗寨之晨（油画）　涂克　70年代

北海地角（油画）　涂克　80年代

坡、水塘、树林、村舍，会呈现给我们那么多清新迷人的田园气象，而且这样的气象长期以来被我们忽略了。为此，风景画开始成为广西画家们逐渐认真面对的一个艺术课题。

事实上，我们也曾千里迢迢去雪域西藏、戈壁大漠、黄土高原、三山五岳寻找过我们的风景之情。然而，十几年下来，我们才最终发现：能让我们怦然心动的自然景致竟然是张冬峰笔下那种冲淡平和的南方语境。这个现象对我们选择艺术方向的突破策略，无疑带来了很直接很正面的影响，它使我们明确地意识到立足本土，把握南方风景话语的权力，是以地域的风景画派争取全国影响的首要前提。以此出发，便有可能以小题大做的方式，在南方风景这个专题上，确立起广西美术的强势角色。放眼看去，在全国这么一个完整的艺术生态中，相对于传统和现代，甚至前卫而言，风景，尤其是那种回归人性和自然的风景艺术，似乎对广西画家更有优势。于是我们提出了"南方的风景"这个课题概念，并在这个概念下形成一个年度的常设艺术展，每年设定一个不同的风景文化的主题来进行策展，用艺术的方式对之进行多层面的、甚至很个人化的艺术诠释。如此坚持数年，我们不妄言一个画派的确立，但从中牵引出很多有意思的有关风景的文化问题来与社会的现代进程形成互动，却是毫无疑问的。

当然这种由风景艺术展所带出的文化与艺术的问题，是立足于广西与其周边省份的南方风景语境，具有很鲜明的地域个性。因而我们非常希望这个"南方的风景"展，能像湘西那座凤凰小城因沈从文先生深刻深情的文笔而名传中外一样，也通过广西及南方艺术家的作品传播而成为社会热爱、关注的一隅。这无疑是艺术家或艺术展对社会精神的最大贡献，当然也是一个很高很艰难的追求指标。对此，我们当努力追求。

二

回溯20世纪一百年的美术格局，凡地域画派的生成均是特定的地域文化资源作用于群势创作力量的结果。然而其中却没有出现过一个纯粹的风景现象或流派，即便是与风景相关的长安、金陵二派，也只是局限于水墨的画种范畴，而没有扩张为一个在艺术观念和媒材上包容性更大的风景艺术的创作态势。过去凃克老先生阐述的"亚热带画派"的理论和画坛名宿阳太阳先生提出的"漓江画派"的概念，之所以没有形成大气候，就是因为没有群势的跟进，当然，这也是当时人们意识上没有形成共识而受到的局限。在艺术家、艺术作品的社会角色越来越明显的今天，风景艺术本身已超越了它狭小的象牙塔范围，而与和平发展、热爱家园的国际主题融为了一个更具社会公共性的文化空间。各种媒材、语言都可自由地在这个空间里传达出艺术家发自内心的声音。然而，这种声音却不是宣泄、批判和病态的扬声器，而是平和优雅的艺术形态或表现。在前卫艺术的兴奋与倦容的当间，我们还是看到了艺术回归人性与自然的合理趋势。尤其是在现代都市迅速扩建、令人陷于零生态的高楼重围之中时，我们才发现自己所归依所牵挂的是大自然的那份眷恋。于是垂钓、野餐、郊游甚至造园等湖山活动应运而生，渐成时髦。当然，这种时髦并不是让人们无知地返回到那荒蛮的人类童年，实在是人类颐养天年的自然氛围遭到破坏后人们的一种精神补偿和艺术追求。

三

2002年我们设定的主题是"我们的亚热带"，一看便知是个泛南方的图像范围，策展旨在的一开始就让这种主题方式切入到更准确的地域文化里，与那个绿意葱茏、阳光灿烂、水绿天蓝、静谧天籁的南方语境面对面。其中受邀请的17位艺术家，均是广西目前非常有实力的中坚辈和新锐人物。张冬峰、黄菁在全国都已是颇为知名的风景画家。刘绍昆、谢森擅长人物，在全国油画界算是老资格的中年画家，这次也转道风景，表现了另一种姿态。雷波、黄少鹏年轻敏锐，油画感觉极好，一旦涉足风景，格调

小村（油画）　周楷　60年代

牛歌行（油画）　韦宣劳　1962年

东兰春景（油画）　姚秦　1964年

新房（油画） 和铁龙 1971年

中就有不俗的天分。肖舜之和姚震西锐意创新，用水墨材料介入风景，其风格、图式均与传统国画判若两样，而有了当代的表现观念。总之，亚热带的南方风景对于他们而言仅仅是一块具有公共性的话语资源，围绕着它，艺术家们的思想、情感化作了多种多样的对应方式，我们不排除这种多样的表达方式中有着非常个人化的艺术语言，但可以肯定，这种多样的语言中所蕴涵的情感和发出的声音却是真诚的、浓郁的。正因为如此，在艺术家们的意识里，风景艺术中所寄寓的那一份现代关爱已大大消解了作品里所含有的专业话语，而具有了社会文化的公共性。一种以风景为中心、以风景为理想的人文情怀，直接打通了艺术与社会的沟通管道，其中的环保理念、家园情结、人文关爱等问题便直接与面对它的人们发生了关系。可以说，风景艺术对于人们仅仅是赏心悦目的墙上饰品的审美功能已变得不怎么重要，相反，通过风景艺术所传达出的文化或社会问题会成为首当其冲的触目面而与社会、与普通人产生更多的互动。于此，在当代社会的进程中，艺术家有了自己的声音，艺术家的良知和思考不再与社会隔膜。

然而，面对风景，艺术家们需要更自由的创作空间，作品所散发出的文化信息将要求得更直接和尖锐，因而，运用不同的媒材对之进行阐释和叙述已成为持续下来的年度展的重要课题。我们从一开始设定的展名上就没有"画展"二字，为的就是让这个"南方的风景"艺术展提供给艺术家更大的创造空间，更具有当代性。很难设想，在钢筋水泥高度架构的现代格局中，少了其中与之共生共存的自然生态，我们所说的现代性还是不是真正的"现代"。依此理念，我们坚信这么一个一年一度的"南方的风景"展便有了一个更开放更光明的前景。

渔岛小景（油画） 邵伟尧 1997年

图版

张冬峰 《家园》 160cm × 150cm 布面油彩 1999年

16

张冬峰 《江》 110cm × 110cm 布面油彩 2002 年

张冬峰　《好地方》　240cm × 166cm　布面油彩　2002 年

张冬峰 《好山好水》 240cm × 166cm 布面油彩 2002 年

黄 菁 《有窗的风景·桂林秋意》 150cm × 140cm 布面油彩 2002 年

黄　菁　《有窗的风景·田边傍晚》　150cm×140cm　布面油彩　2002年

黄　菁　《有窗的风景·漓江边》　150cm × 140cm　布面油彩　2002 年

黄　菁　《有窗的风景·菜花地》　150cm × 140cm　布面油彩　2002 年

谢　森　《高速公路旁的风景1号》　150cm × 150cm　布面油彩　2002年

谢　森　《高速公路旁的风景 2 号》　150cm × 150cm　布面油彩　2002 年

谢　森　《高速公路旁的风景3号》　150cm×150cm　布面油彩　2002年

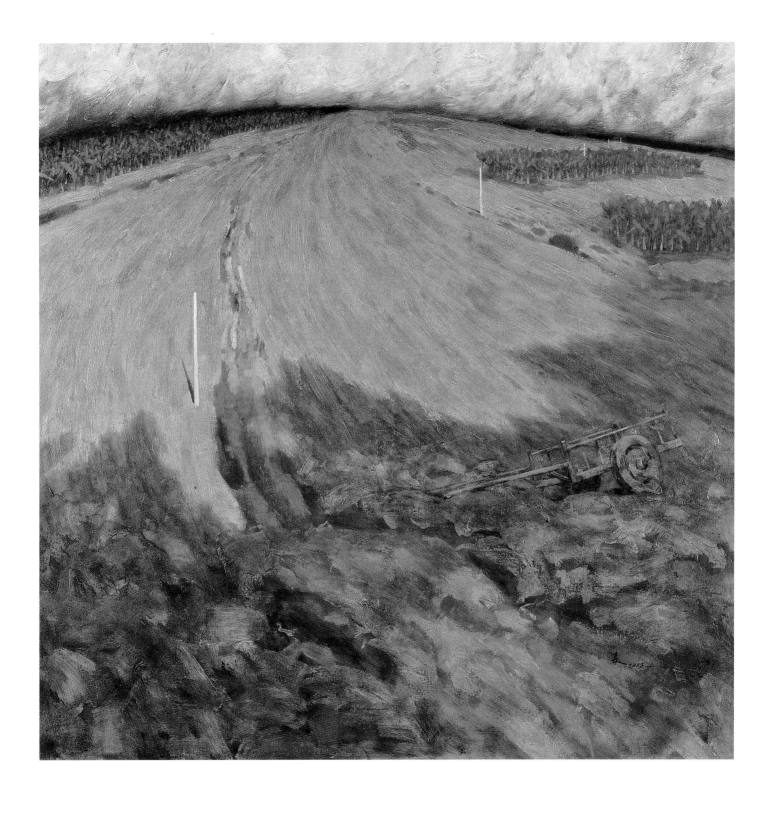

谢　森　《远去的芭蕉林》　150cm × 150cm　布面油彩　2002年

尤开民 《红草地》 60cm × 73cm 布面油彩 2001 年

尤开民 《黄房子》 51cm × 60cm 布面油彩 2002 年

尤开民　《校园春意》　51cm × 60cm　布面油彩　2002 年

尤开民 《老树林》 51cm × 60cm 布面油彩 2001 年

黄少鹏 《通往工作室的小道》 100cm×80cm 布面油彩 2002年

黄少鹏　《工作室的小园·午茶》　100cm × 80cm　布面油彩　2002 年

黄少鹏　《工作室的阳台》　100cm × 80cm　布面油彩　2002 年

黄少鹏 　《工作室旁的老屋》 　100cm × 80cm 　布面油彩 　2002 年

雷务武 《晨渡》 110cm × 110cm 布面油彩 2002年

雷务武　《金色黄昏》　110cm × 110cm　布面油彩　2002年

雷务武　《天边有一朵白云》　110cm × 110cm　布面油彩　2002 年

雷务武　《海边的冬天》　110cm × 110cm　布面油彩　2002 年

雷 波 《武鸣旧路 1 号》 100cm × 80cm 布面油彩 2002 年

雷 波 《武鸣旧路3号》 140cm × 125cm 布面油彩 2002年

雷 波 《武鸣旧路2号》 125cm × 97cm 布面油彩 2002 年

刘绍昆 《美的家园》 100cm × 100cm 布面油彩 2000年

刘绍昆 《老桥》 100cm × 100cm 布面油彩 2000 年

刘绍昆 《灵湖》 100cm × 100cm 布面油彩 2000 年

刘南一　《桥NO.1》　60cm × 65cm　布面油彩　2002年

刘南一　《桥NO.2》　60cm × 65cm　布面油彩　2002 年

刘南一 《桥NO.3》 60cm×65cm 布面油彩 2002年

刘南一　《桥NO.4》　60cm × 65cm　布面油彩　2002 年

杨　诚　《苏铁古树之一》　60cm×50cm　布面油彩　2002 年

杨　诚　《苏铁古树之二》　60cm×50cm　布面油彩　2002年

杨　诚　《苏铁古树之三》　60cm × 50cm　布面油彩　2002 年

杨　诚　《苏铁古树之四》　50cm × 45cm　布面油彩　2002 年

姚震西 《南方语境之一》 170cm × 96cm 纸本水墨 2002年

姚震西　《南方语境之二》　170cm × 96cm　纸本水墨　2002 年

姚震西　《南方语境之三》　170cm × 96cm　纸本水墨　2002 年

姚震西　《南方语境之四》　170cm × 96cm　纸本水墨　2002 年

肖舜之 《南国梦园》 180cm×5820cm 纸本水墨 2002 年

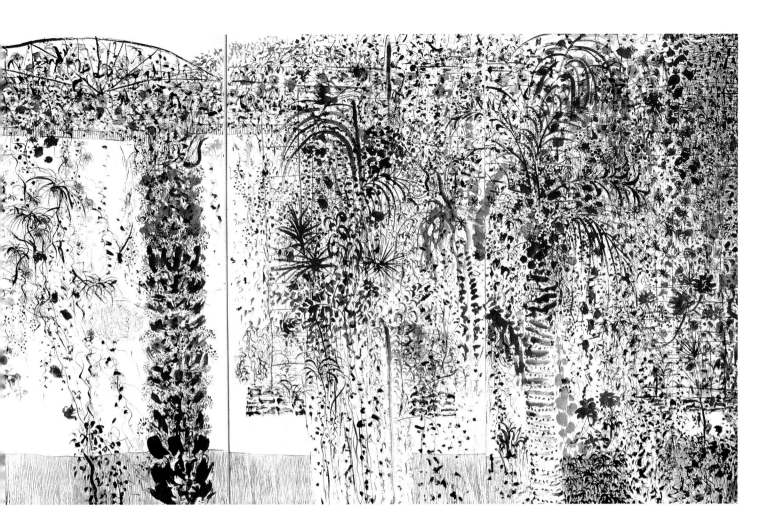

苏剑雄 《水影之一》 55cm×55cm 布面油彩 2001年

苏剑雄 《水影之二》 55cm × 55cm 布面油彩 2001 年

苏剑雄 《瞬间下的红房子之一》 45cm × 38cm 布面油彩 2002年

苏剑雄　《瞬间下的红房子之二》　45cm × 38cm　布面油彩　2002 年

谢　麟　《渔港印象》　100cm × 80cm　布面油彩　2002 年

谢 麟 《山水之一》 100cm × 80cm 布面油彩 2002 年

谢　麟　《菜园》　100cm × 80cm　布面油彩　2002年

谢　麟　《晨曦》　100cm × 100cm　布面油彩　2002 年

韦 军 《水坝》 13cm × 21cm 布面油彩 2000年

韦 军 《砖厂附近的荒野》 39cm × 46cm 布面油彩 2000 年

韦 军 《后园》 16cm × 20cm 布面油彩 2000年

韦 军 《土坡上的果园》 39cm × 46cm 布面油彩 2000年

蔡群徽　《我家住在大海边》　100cm×100cm　布面油彩　2001年

蔡群徽 《斜阳》 100cm × 100cm 布面油彩 2001 年

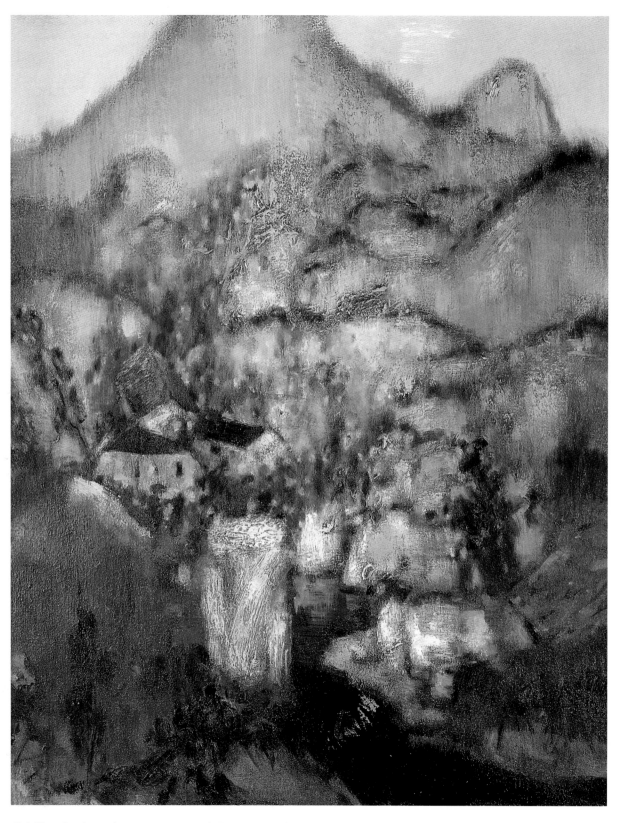

谢小健 《山水之一》 80cm × 50cm 布面油彩 2000 年

谢小健　《山水之二》　80cm × 50cm　布面油彩　2000 年

谢小健 《山水之三》 80cm × 50cm 布面油彩 2000年

简历

画家简历

策展人 苏旅
著名批评家、出版家。

策展人 刘新
著名史论家、出版家。

参展画家 张冬峰
1984年毕业于广西艺术学院，1989年结业于中央美术学院油画助教进修班，现为广西艺术学院教授、美术师范系主任，中国美术家协会会员。

参展画家 黄菁
1981年毕业于广西艺术学院，1986年中央美术学院第二届油画研修班结业，广西艺术学院美术系教授、美术系副主任，中国美术家协会会员，广西美术家协会理事。

参展画家 谢森
1976年毕业于广西艺术学院美术系并留校任教。1980年在广州美术学院油画系进修。现为广西艺术学院教授、硕士生导师、教务处处长、研究生处处长、院艺术委员会主任，中国美术家协会会员，广西油画学会副主任。

参展画家 尤开民
广西艺术学院油画研究生毕业，中国美术家协会会员，现为广西艺术学院教授。

参展画家 黄少鹏
1991年毕业于广西艺术学院美术系油画专业。1993年居北京圆明园画家村。1996年在广西艺术学院美术师范系任教至今。

参展画家 雷务武
1982年毕业于广西艺术学院美术系版画专业，现为广西艺术学院美术系主任，教授。从1982年以来曾多次参加全国美术作品展，并获全国美展铜奖一次，全国版画展铜奖一次，1998年被评为全国优秀版画家。

参展画家 雷波
1991年毕业于广西艺术学院美术系油画专业，1996年结业于中央美术学院第八届油画研修班，中国美术家协会会员，广西美协副主席，广西油画艺委会、油画学会副主任。油画作品《搬家》系列之七参加2000年中国油画百年回顾展。

参展画家 刘绍昆

1966年毕业于中央美术学院附中，1981年考入广西艺术学院阳太阳院长油画研修班。1999年任广西美术家协会主席至今。现为中国美术家协会理事，中国油画学会常务理事。作品多次参加全国重大美术展览，并获得各类奖项。

参展画家 刘南一

1981年毕业于广西艺术学院，1991年赴北京首都师范大学美术系学习。现为广西艺术学院美术师范系副主任、副教授，中国美术家协会会员，广西美术家协会理事。

参展画家 杨诚

1988年毕业于广西艺术学院美术系油画专业，获学士学位。现为广西美术出版社副编审。

参展画家 姚震西

毕业于广西艺术学院中国画专业。现为中国美术家协会会员，广西美术家协会理事，广西美术出版社副编审。

参展画家 肖舜之

1984年毕业于广西艺术学院，获学士学位，1991年结业于中国美术学院中国画系，1990年至1992年参加广州美术学院中国画研究生专业课程进修班。现为广西师范大学艺术系副教授，中国美术家协会会员，广西美术家协会理事。

参展画家 苏剑雄

1992年毕业于厦门大学艺术学院美术系油画研究生班、获油画硕士学位。现为广西艺术学院美术师范系副教授。

参展画家 韦军

1991年毕业于广西艺术学院美术系油画专业。现工作于广西艺术研究院，为广西美术家协会理事。

参展画家 谢麟

广西艺术学院油画专业毕业，中央美术学院油画系第十届油画研修班结业。中国美术家协会会员、广西美术家协会秘书长。

参展画家 蔡群徽

1996年毕业于广西艺术学院美术系油画专业。现在北海市文化局艺术学校工作，广西美术家协会会员。

参展画家 谢小健

1988年考入广西艺术学院美术系师范专业，1992年毕业于艺术系油画专业。

图书在版编目（ＣＩＰ）数据

我们的亚热带 2002 展／黄菁等绘.—南宁：广西美
术出版社，2003.4
（南方的风景）
ISBN 7-80674-346-4

Ⅰ.我... Ⅱ.刘... Ⅲ.油画：风景画－作品集－中
国－现代 Ⅳ.J223

中国版本图书馆 CIP 数据核字（2003）第 023524 号

南方的风景——我们的亚热带 2002 展

图书策划 ／ 苏 旅 刘 新
责任编辑 ／ 何庆军
装帧设计 ／ 阿 西
出 版 ／ 广西美术出版社
地 址 ／ 南宁市望园路 9 号
邮 编 ／ 530022
发 行 ／ 全国新华书店
印刷制版 ／ 深圳雅昌彩色印刷有限公司
版 次 ／ 2003 年 4 月第 1 版
印 次 ／ 2003 年 4 月第 1 次印刷
开 本 ／ 889 × 1194 1/12
印 张 ／ 7
书 号 ／ ISBN 7-80674-346-4/J·266
定 价 ／ 38 元

如有印装质量问题，请与印刷厂调换